公公和寶寶(三)

齊玉 編

再版序

編完《公公和寶寶》四集的兒歌之後，我發現自己好像變小了，開始喜歡跟小朋友聊天，唸自己編的兒歌給他們聽。在偶然的場合裏，每當碰到聰明活潑的小孩子，我都會藉機寫一首《公公和寶寶》裏的兒歌唸給他們聽，順道講解裏面的漫畫故事。看到他們聽完之後高興的樣子，內心總有說不出的喜悅。日前，在一場婚宴中，我同樣的為鄰座一位叫許靜怡的小女孩寫了一首我常寫的〈自責〉：「寶寶不讀書，想要玩嘟嘟。……」在我唸完之後，看著她那天真的笑容和可愛的表情，不禁回憶起二十多年前我的孩子們唸《公公和寶寶》兒歌時的模樣，往日的情景驀然浮現在眼前。

《公公和寶寶》出版至今，已經過了二十五個年頭。在這四分之一世紀漫長的歲月裏，在不知不覺中，我從自己孩子們的「爸爸」一躍而成了他們自己孩子時雨、雨澄和澄風的「爺爺」。每在聽到孫子孫女們朗讀我二十五年前所編的兒歌：「寶寶不讀書，想要玩嘟嘟。公公說不行，寶寶就大哭。……」甚至看到遠在夏威夷才一歲多的孫子毛可安聽到「……想想不應該，自己打屁股」會伸出小手打自己屁股的時候，心中感慨萬千，恍如時光倒流，自己好像又回到了從前。

這套曾被選做幼稚園教材，也被列為小學優良課外讀物，且深受老師及家長肯定的《公公和寶寶》裏面有趣的漫畫和押韻的兒歌，可以代代相傳，似乎不受時空的影響。今日我當爺爺所感受到《公公和寶寶》的教育意義與昔日當爸爸所感受到的幾乎沒有兩樣。在對《公公和寶寶》教育價值的認知上，三民書局暨東大圖書公司劉振強董事長最早認同我的理念，至今還是一樣。為了讓《公公和寶寶》更為生動活潑，劉董事長決定重新編排，描繪上色。我因生平最熱愛的這套漫畫兒歌書獲得第二春而為讀者感到慶幸，我心中也滿懷感恩。

在《公公和寶寶》彩色版問世的今天，我要由衷的再度感謝我在西德唸書時教德文課的德國老師畢爾克 (Birck) 先生，他首次引領我讀《公公和寶寶》漫畫的德文原作 *"Vater und Sohn"*。感謝內人謝素玉昔日風塵僕僕到各小學推介這套書的辛勞。感謝我的四個孩子郁平、治平、健平和振平，他們是最早的《公公和寶寶》的讀者。感謝我的女婿杜章安、二媳林以涵和三媳林佳芸，他們對《公公和寶寶》的肯定給了我很大的鼓勵。感謝三民書局王韻芬小姐大力協助和編輯部工作伙伴的完美編排和美工設計。我更要再三感謝劉董事長，由於他的睿智卓見，《公公和寶寶》才得以出版，而今又推出彩色版。希望《公公和寶寶》不負眾望，能為孩童帶來快樂，為家長帶來啟示，為家庭帶來溫馨。

兒歌編者謹識

民國九十六年十一月十一日於臺南

序

《公公和寶寶》第一、二集裏的兒歌是我在西德進修時抽空寫成的。回國後，為了早日使全集完稿，了卻一件心願，乃盡可能在工作之餘把自己關在書房裏，繼續編寫。

雖然在我住宅區的附近沒有類似西德漢諾威（Hannover）大公園的景色，但是身在國內，心境開朗，事事物物都顯得親切，即使是幾棵小樹，於我也形同密林；一片草叢，於我亦如同綠野。的確，在意念的領域裏，無盡的精神力量有時真能夠擴展有限的心靈感受。於是，我住的二樓面對幾株榕樹的窗前，就成了我編織兒歌的好地方。

由於《公公和寶寶》的原書“E. O. Plauen, *Vater und Sohn*”中每篇除了標題之外，別無任何文字說明。為了使兒童們易於了解，並且看圖識字，我盡量對照漫畫編寫兒歌。每當一篇編好之後，我都要一次又一次唸給我的孩子們聽。讀國中二年級的小女郁平像初審，看詞句是否太艱澀；分別讀國小四、三、一年級的三個幼兒治平、健平、振平像複審，聽詞句是否順耳，唸來是否順口。最後他們都認為沒有問題了，才算完稿。

《公公和寶寶》發行之後，我幸獲師長、朋友和同仁們的鼓勵，使我繼續編寫的信心大增；而承《中國時報》和《中華日報》對《公公和寶寶》大篇幅的介紹，令我在由衷的感激之餘，更加堅定了我努力編寫的決心。像最初在德國開始寫兒歌時的初衷一樣：我願將一顆愛心化作雨露，落灑在需要滋潤的民族幼苗的田園上。

第三集完稿後，我的內心和以前同樣又充滿了喜悅和感恩。承上蒼和幫助我的人所賜予我的默祐和關懷，謹願以一顆「受施慎勿忘」的感激之心做「飲水思源」的還報。

編者謹識

民國七十一年六月二十八日於臺南

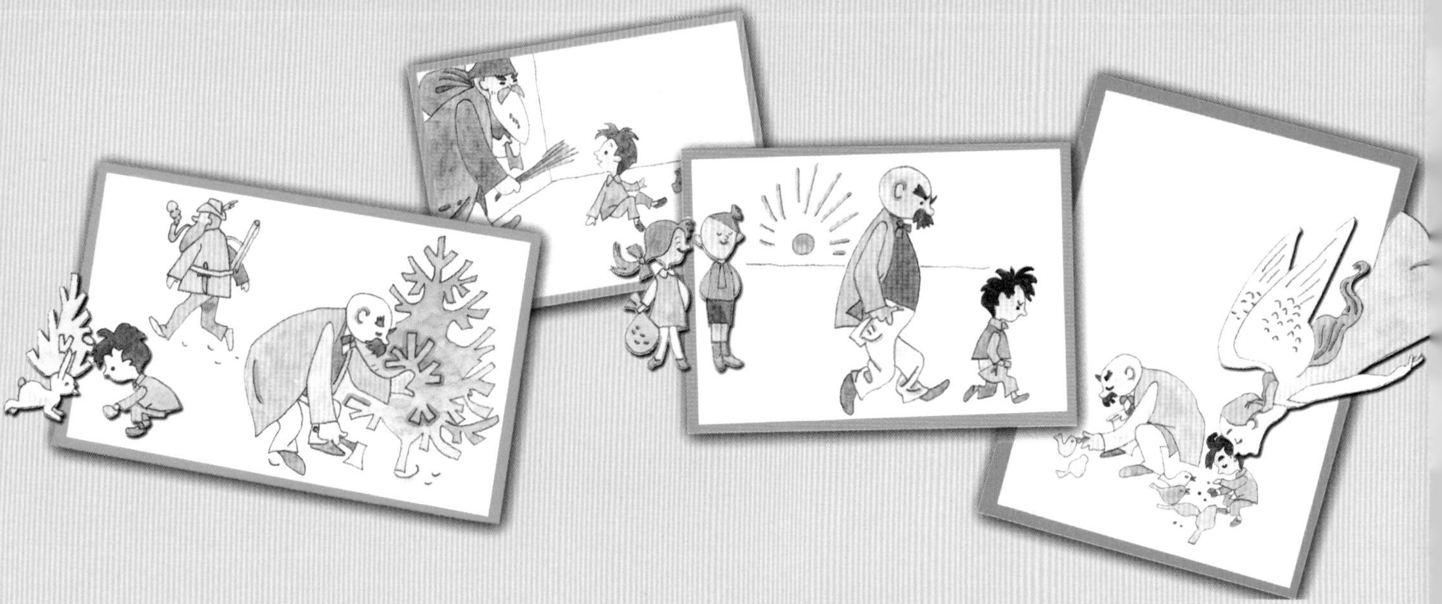

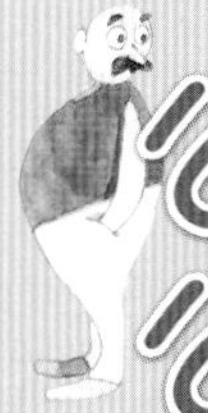

公公和寶寶(三)

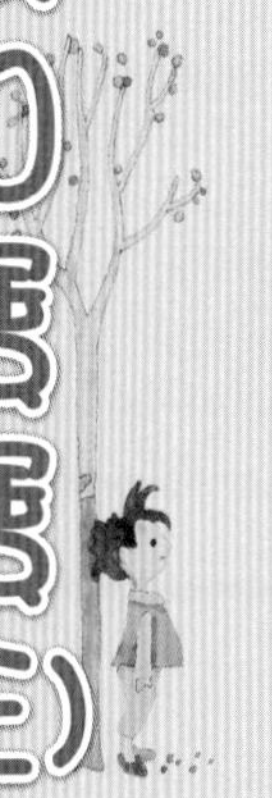

目次

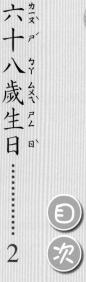

六十八歲生日

肥豬雖然長相差，
卻有靈活的尾巴。
寶寶馴豬有方法，
兩隻肥豬都聽話。
一條尾巴捲成「6」，
一條尾巴捲成「8」。
慶祝公公六十八，
公公樂得笑哈哈。

小朋友，我們常聽到有人罵別人笨，笨得像豬。其實，豬只是長得肥，看起來笨而已，實際上豬一點都不笨。相反的，豬是很聰明的動物，只要我們「人」有耐心去教牠，有些簡單的動作，牠也學得會。有時我們也罵豬懶、豬髒。其實，豬的本身並不髒，只是我們沒有為牠們提供乾淨的環境，才使牠們看起來很髒；我們整天整年把牠們關在豬圈裏，牠們沒有活動的空間，當然看起來很懶。萬物生而平等，我們不可因自己僥倖生而為人就自命不

凡，如果我們不接受教育、自己不努力去學習、不勤奮工作、又不盡力去維持環境的衛生，可能世界上最笨最懶最髒的動物就要算我們「人」了。

傳統上，豬被當做「懶」、「笨」、「髒」的象徵，實在是冤枉，於是才有一句俗話：「三代不讀書，放出來一群豬。」也就是說，人若不讀書，不努力向上，就會像豬一樣「笨頭笨腦」了。

接棒

公公和寶寶到曾祖父家探望，
然後大家一起去曾曾祖父家拜訪。
表演特技來照相，一個不小心，
統統跌倒在地上，撞破了花盆，
曾曾祖父賞曾祖父一耳光。
曾祖父向右轉，送公公一巴掌。
公公向右轉，給寶寶一耳光。

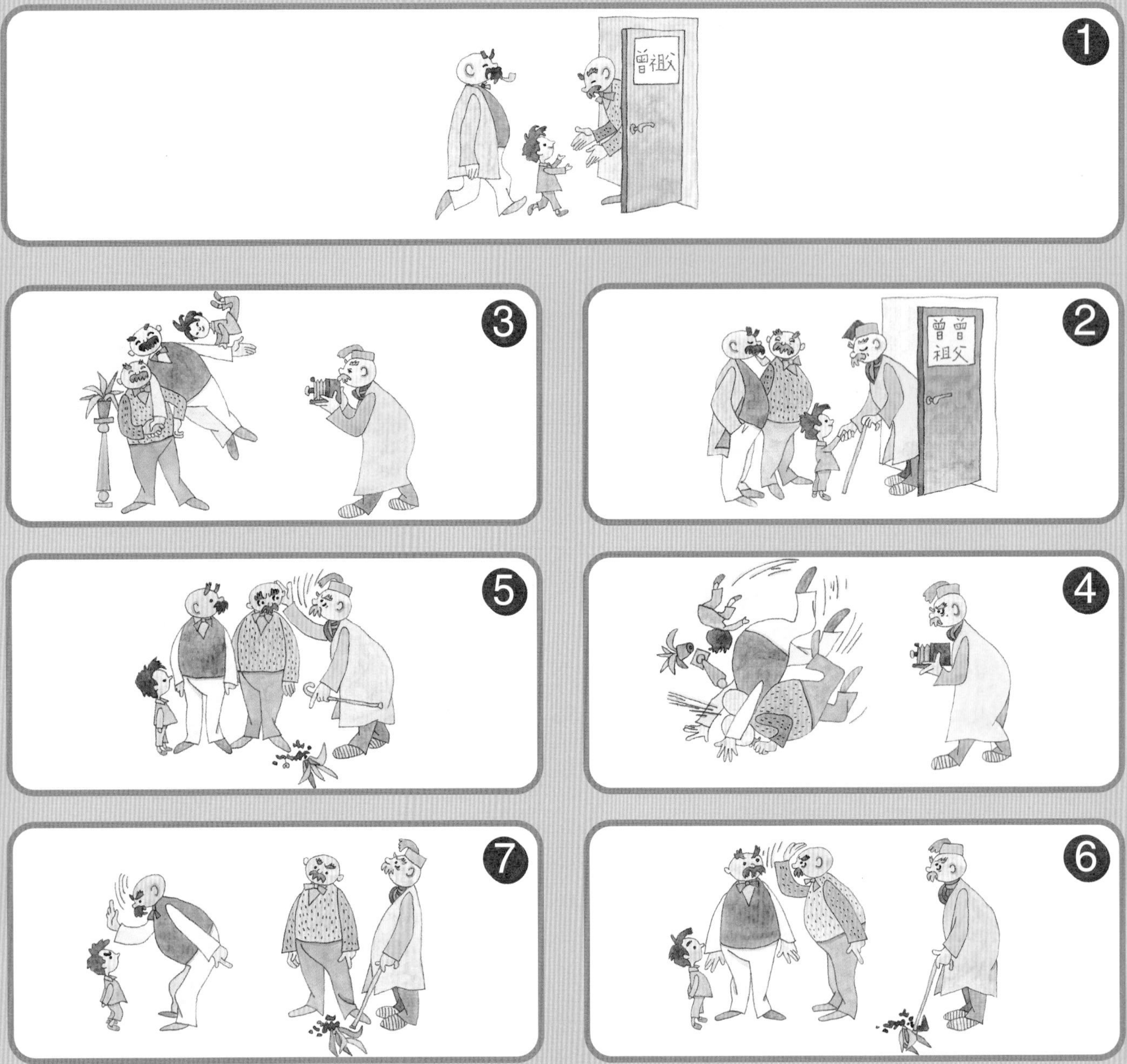
曾祖父
曾曾祖父

真正的愛心

樹上小鳥吱吱叫，可能是肚子餓了。

「小鳥！小鳥！快下來！讓我把你們餵飽。」

寶寶正在餵小鳥，誰知道，

來了兩個鄉巴佬，把鳥統統給逗跑。

寶寶心裏好難過，公公看了也氣惱。

原來她只為照相，不是真正愛小鳥。

小鳥兒好失望啊，張著小嘴嘰嘰叫。

還是公公寶寶好。再給小鳥吃麵包。

天使看了好感動，飛下地來親寶寶。

1

2

3

4

5

6

那裏是「金」魚？

好心的老船長，送給寶寶一條魚。這條魚真有趣，公公以為是「金」魚。起先餵魚料，後來餵小魚，最後還要餵大魚。漲破了房子，那裏是「金」魚？

小朋友，那條魚長得那麼大，你們知道牠是什麼魚呢？原來牠是一條大鯨魚。

1
2
3
4
5
6

不可以打擾

籠子撞破了，獅子往外跳，

公公寶寶拚命逃。

躲到柱子邊，以為獅子找不到。

沒想到，獅子也會躲貓貓，

繞到後頭來，故意「哇！」的一聲叫，

嚇了他們一大跳，獅子坐著哈哈笑。

他們往家裏奔跑，獅子趕過來，

看到門上有字條，上面寫的是：

「不可以打擾！」

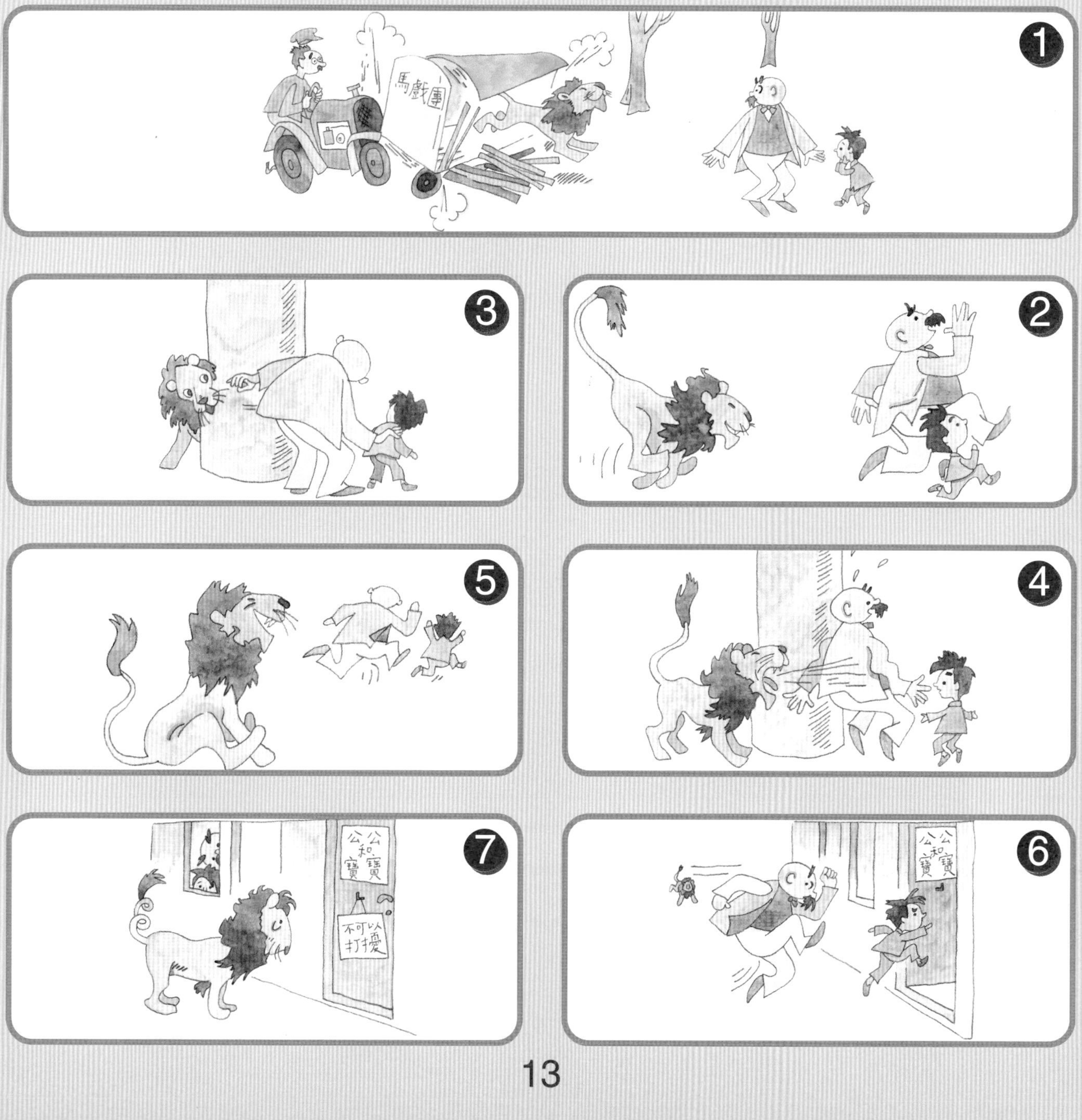

馬戲團
公公和寶寶
公公和寶寶
不可以打擾

象公公和象寶寶

象寶寶，
好可愛。
公公叫寶寶，
給牠吃乖乖。
象公公看了笑眼開，
大家在一起，
心裏好愉快。

1

2

3

誰像誰？

「眉毛向上彎，鬍子遮住嘴。」

「耳朵豎兩邊，眼鼻擠一堆。」

阿婆笑著說：

「公公和小狗，到底誰像誰？」

寶寶聽到了，氣得直皺眉。

叫小狗過來，把牠的鬍子梳得像張飛。

「多嘴阿婆請再看，現在誰像誰？」

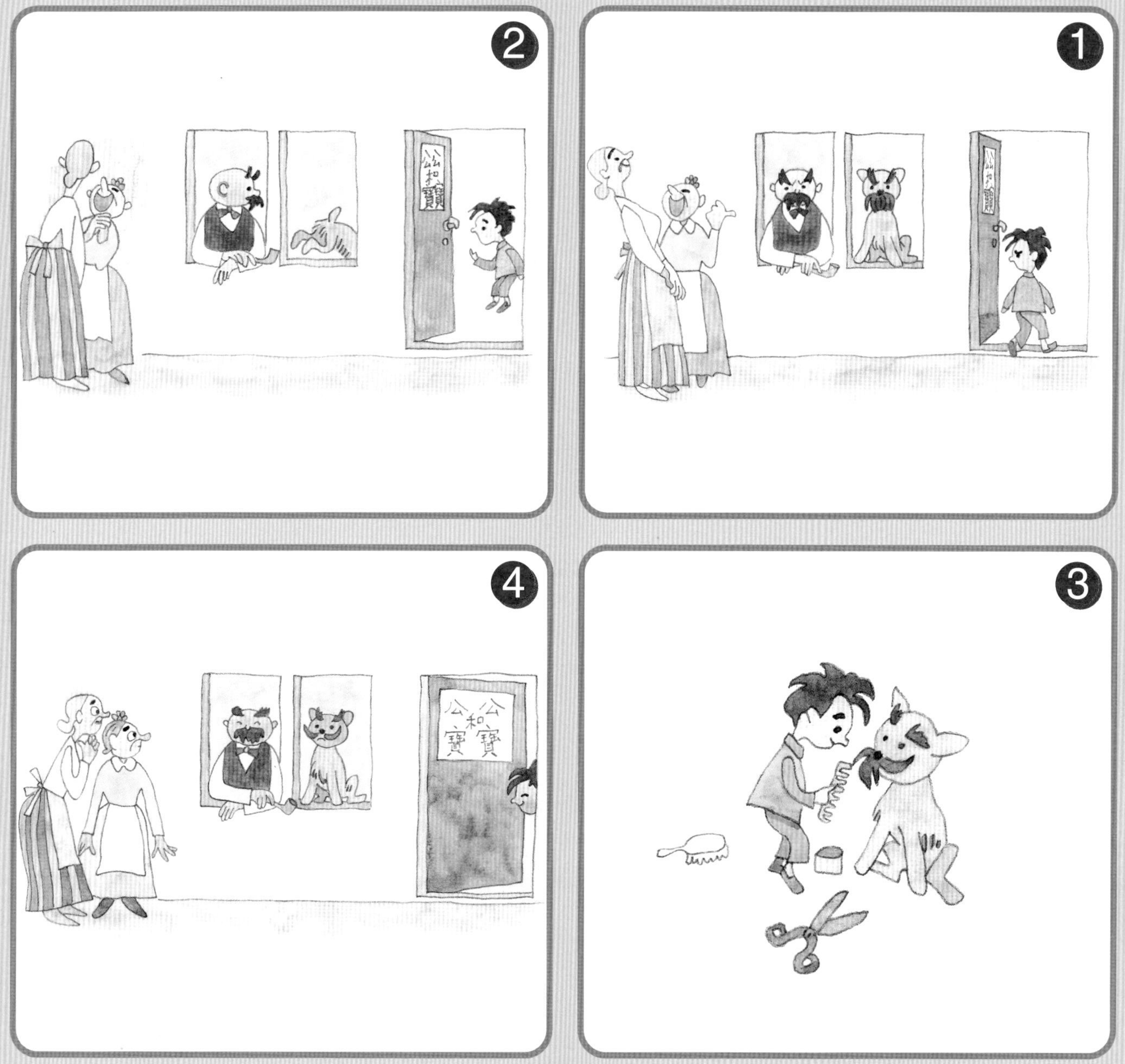
公和寶
公和寶
公公和寶寶

那就是我？

「小寶寶，

你畫的是什麼？」

「老阿伯，請您說。」

「是巫婆。」

公公走來笑著說：

「不對！不對！

是惡魔。」

老伯聽了笑呵呵。

公公指著老伯說：

「寶寶畫的就是——你！」

「什麼？那就是我？」

氣得他把畫撕破。

小朋友，老伯被公公逗得大發脾氣，那樣子真好笑。其實，每個人都有不同的長相，公公何必笑老伯，老伯又何必生氣呢？小朋友，你們說說看。請看第二集中的〈人不可貌相〉。

醫生說不可以吃糖

醫生說

不可以吃糖。

公公不聽話，

茶裏面攪糖，

寶寶覺得不應當。

想出了好主意，

把茶几頂到路上，

「看他怎麼吃到糖！」

公公您真棒！

靶子掛在樹枝上，公公來打玩具槍。

砰的一聲響，子彈只落到地上。

「公公！您可別失望，

我把它換個地方。」

這次砰的一聲響，剛好掉到靶中央。

寶寶跳起來大叫，「公公您真棒！」

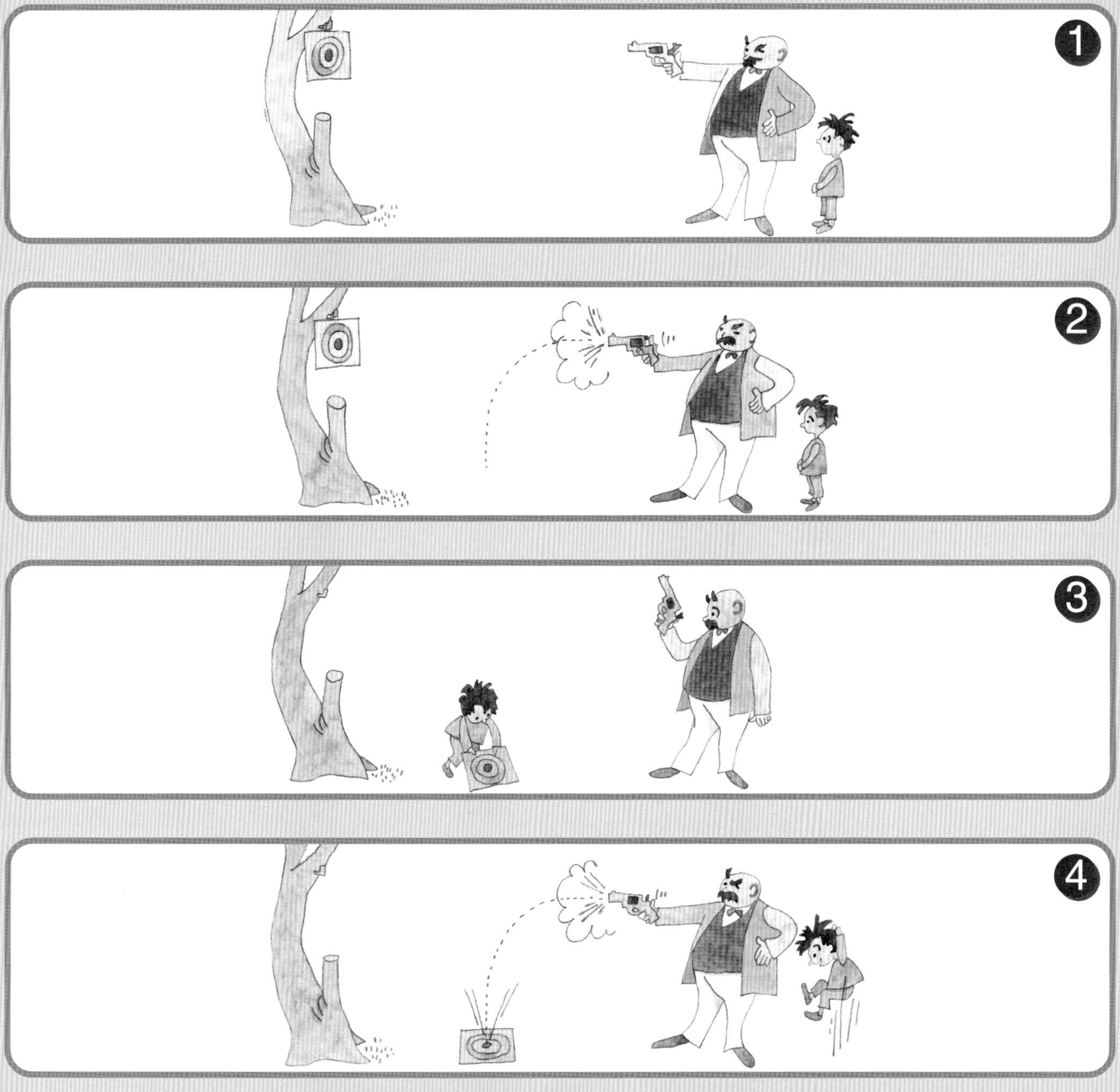
1
2
3
4

輸光了鈕扣

兩個小朋友，正在玩鈕扣。
寶寶看了也想投。
向公公要鈕扣，
輸掉了，不甘休。
最後公公也參加，
結果把所有的鈕扣，
都輸得光溜溜，
只有摟著褲子走。

1
2
3
4
5
6

輸不起

公公和寶寶下棋。
下贏了，
好得意。
下輸了，
不服氣。
抓起寶寶打屁屁，
你說有沒有道理？

魔術真奇妙？

公公要外出，打領帶，戴禮帽，就是找不到手套。寶寶到處找，也沒法找到。到街上，買本魔術書一瞧，手套馬上變來了，魔術真奇妙？

小朋友，有的魔術師好像魔法無邊，要變錢就有錢，要變東西就有東西，你們以為那是真的嗎？我想聰明的小朋友是「智者不惑」的，一定知道那是假的。想想看，如果魔術是真的，想要什麼就能變出什麼來，大家何必去工作呢？只要去學變魔術就好了嘛，你們說是嗎？

魔術書
魔術書
魔術書

魔術變砸了

寶寶學會小魔術，雖然變走自己的茶杯，但是砸破了公公的茶壺，被打了一頓屁股。

魔術是無法接受考驗的，它只是一種消遣，可千萬別把它當真。受得起考驗的是科學，我們要盡力去做科學遊戲、科學實驗。

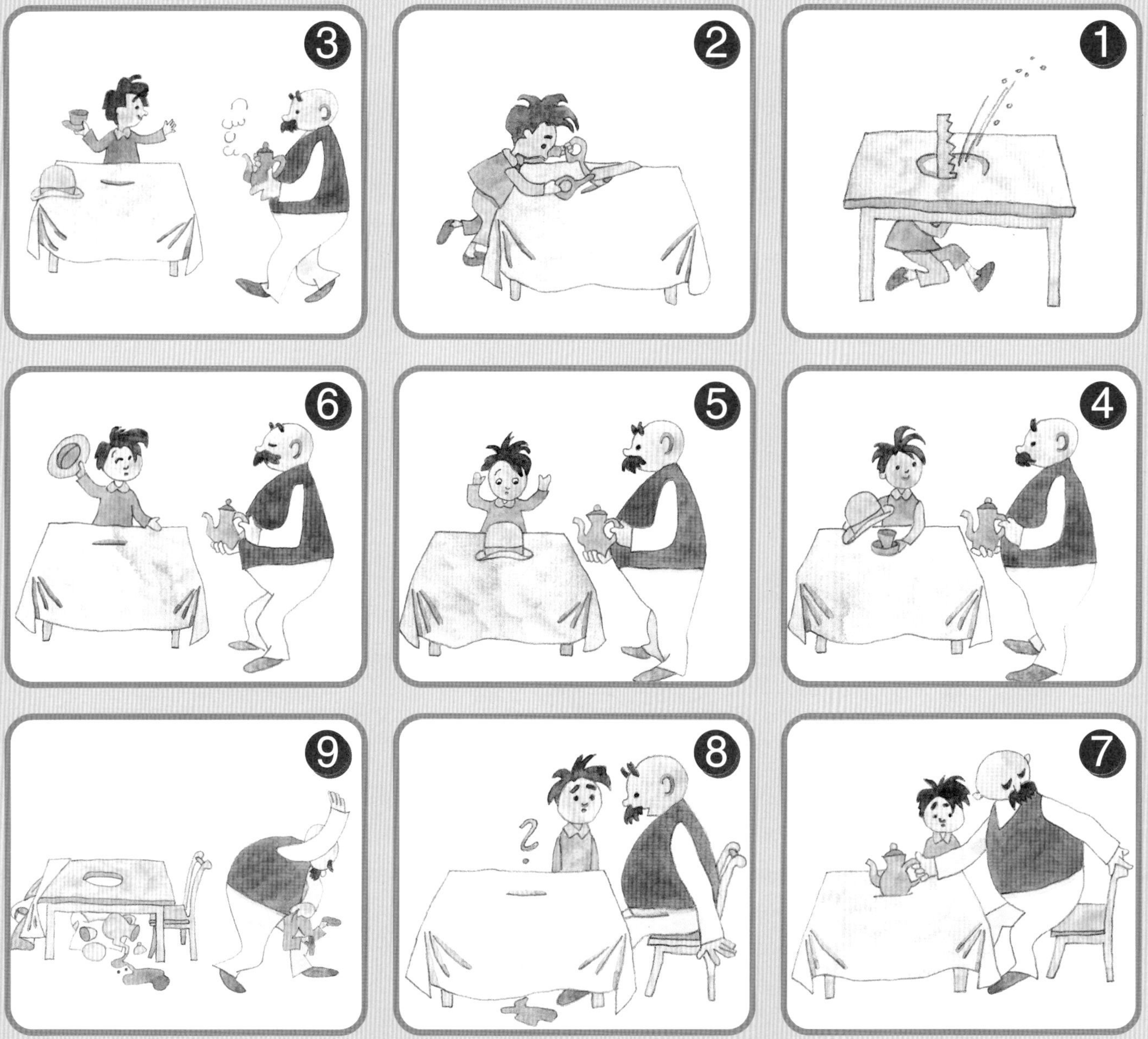

怎麼吹喇叭？

公公買支大喇叭，寶寶買支小喇叭。寶寶吹的時候，公公說：「像小孩子在哭，哇！哇！哇！」公公吹的時候，寶寶蒙著耳朵說：「像唐老鴨在叫，呱！呱！呱！」兩人一起吹，好像小牛在叫媽。兩人氣呼呼，心裏想：「買了兩支『爛』喇叭！」

小朋友，大家來看看，最後他們怎麼「吹」那兩支「爛」喇叭。

鉛球和皮球

公公推鉛球，來了一位奧林匹克的選手。

他用力一推，推到十九米九。

寶寶也拿一個球，

輕輕的一丟，就丟過了頭，

嚇呆了公公和選手，

但是球落地以後，才知道是皮球。

寶寶覺得好糗，趕快溜。

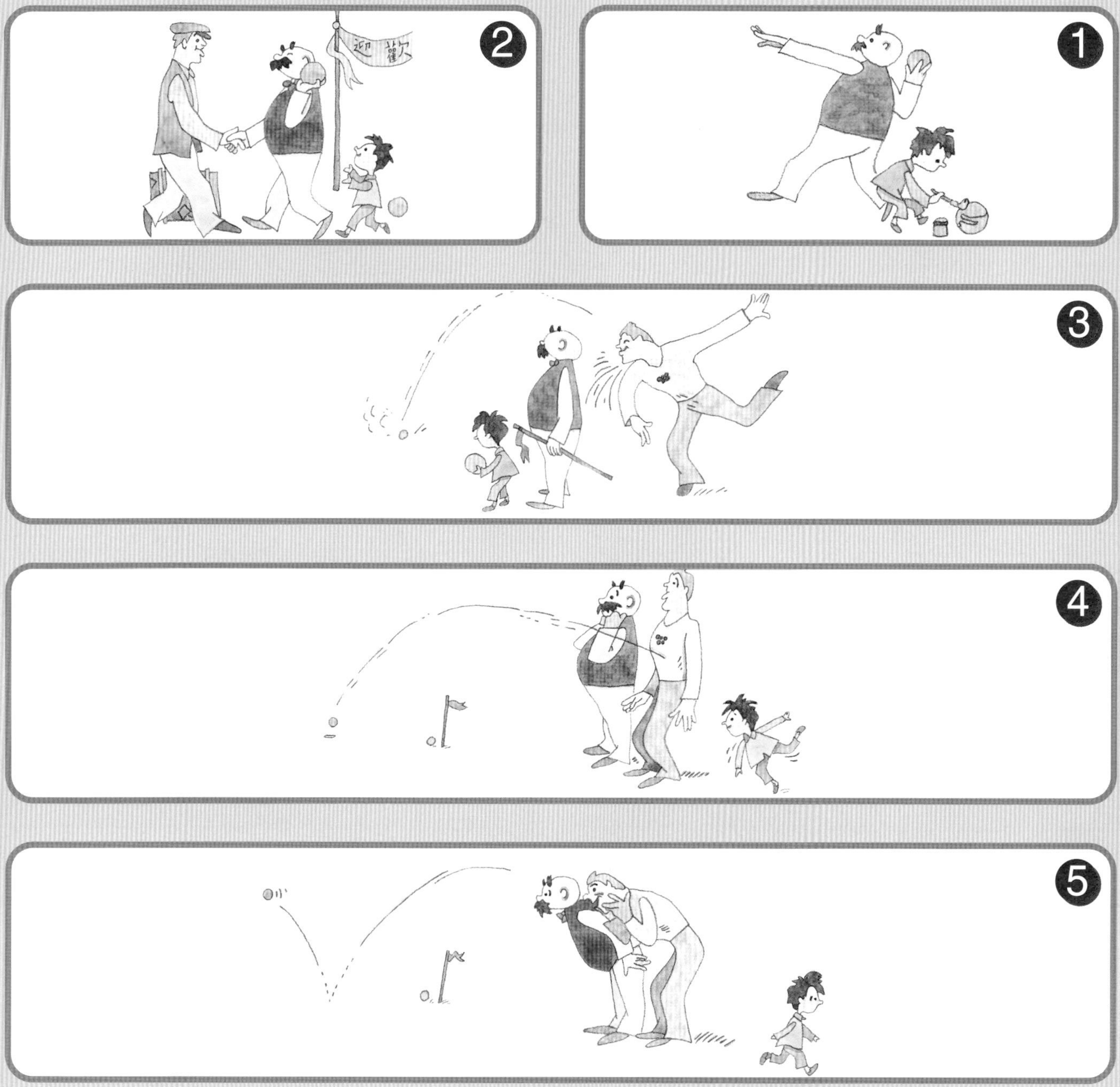
1
2
歡迎
3
4
5

瞞不了永久

寶寶在玩曲棍球，打破了衣鏡，

坐在旁邊直發愁。

「怎麼辦？一定會挨揍。」

想出一個怪主意，把破玻璃都清走。

先畫公公頭，再畫領結和衣袖。

公公過來打領帶，覺得有點不對頭。

寶寶看了趕緊溜。

小朋友，這叫做：

「瞞得了一時，瞞不了永久。」

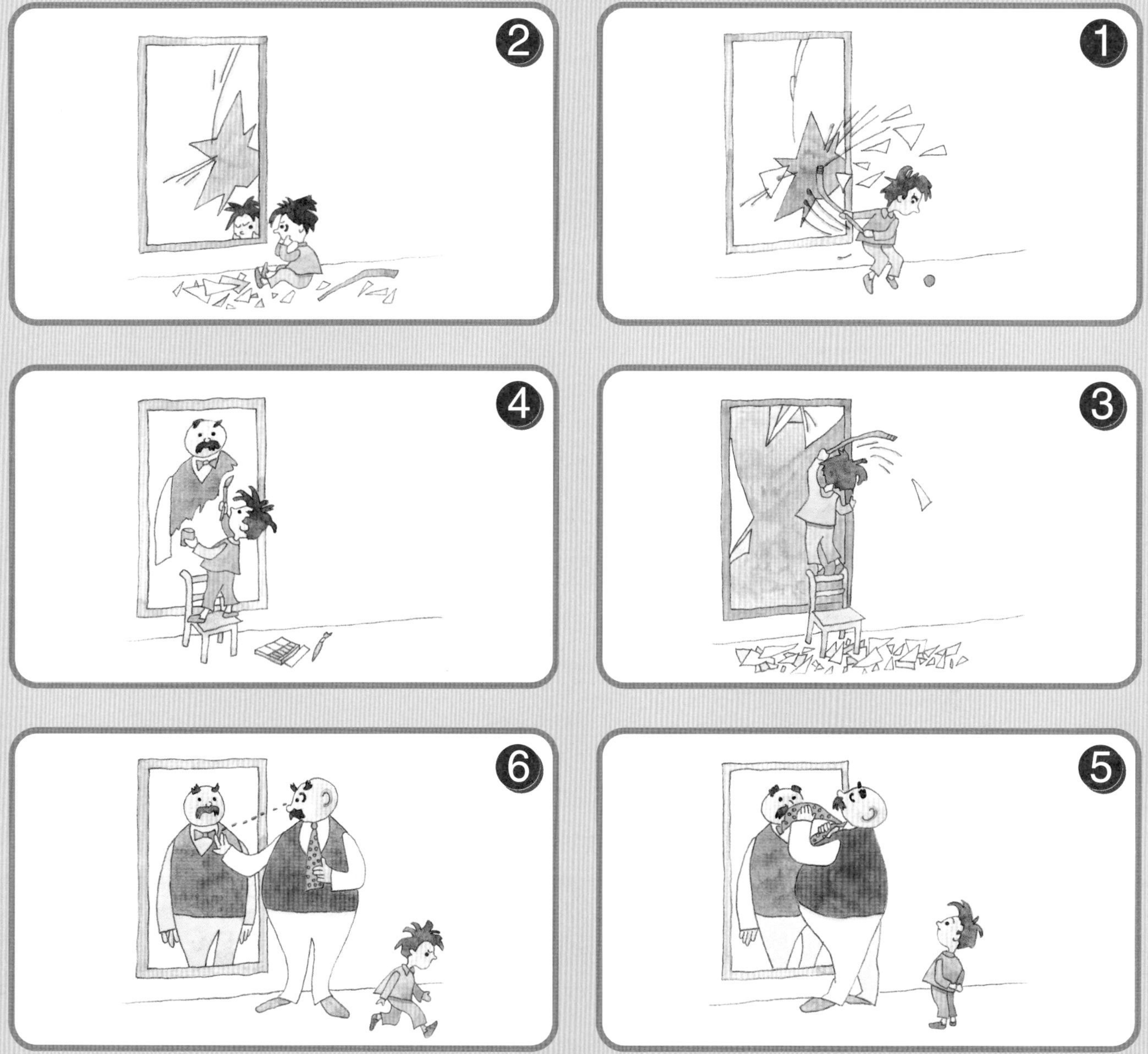

公公刮鬍子

公公醉醺醺，刮鬍子。
拿起鬍膏塗鏡子，
磨好刮鬍刀，
去刮鏡裏的鬍子。
一看——
還是滿臉大鬍子，
氣沖沖，打破鏡子。
寶寶看了好驚奇，
「這像什麼樣子？」

小朋友，你們一定照過鏡子，鏡裏的像就是你的長相，那只是影像，不是真實的你。「像」只是虛無的形象，所以有人把虛無不實的幻覺形容成「鏡花水月」，就是「鏡中花，水中月」。我們知道，水中的月亮和鏡裏的花朵都不是真正的實物，而是虛無的影像。聽說以前詩仙李白就是在月夜裏喝醉了酒以後，在小船上看到靜靜的湖水裏有一輪明月，想要跳到水裏抓月亮而淹死的。其實水裏那有月亮，那只是月亮的影像，真正的月亮是在天上呢！

小朋友，你們有沒有看過狗照鏡子是什麼樣子？那樣子真好玩，我看過，你們要不要試試看？

以怨報德

寶寶在河邊，喊得好著急。
公公跑過來，馬上跳到水裏。
使盡全身的力氣，
把快「淹死」的人救起。
那人不但不感激，
反而打公公，罵他不講理。
「誰說我快淹死了？
我在游泳拚第一！」

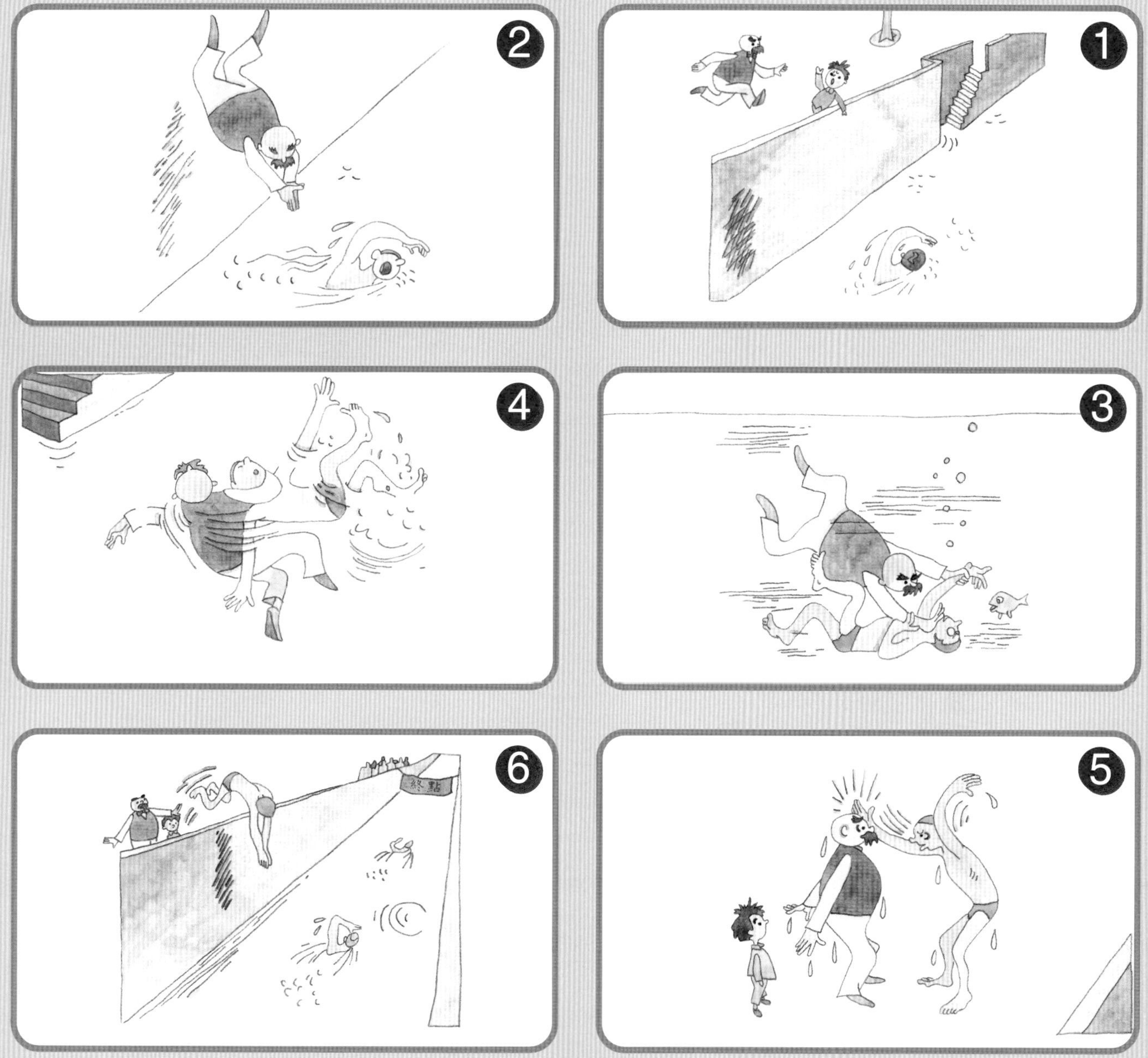
終點

氣球和笨球

公公抽著煙斗，
寶寶背著小狗。
走！走！走！
一起去郊遊。
走上了山頭，
看到遠處
飄來三個大氣球，
氣球吊著小紙頭。

公公接過來一看
「誰接到大氣球，
誰就是大笨球。」

小朋友，紙頭上的字是寶寶寫的，氣球也是寶寶放的。公公自己接到了氣球，氣得打寶寶，到底寶寶該不該挨打呢？小朋友，你們想想看。

無藥可救

路邊的欄杆不可走，
公公寶寶還在上面做唱遊。
先做平衡操，
再彎腰甩手。
警察走過來取締：
「欄杆規定不可走，
你們偏偏不遵守。
以後可要記住，

這次原諒你這個老頭！」
訓得兩人低下頭，
結果還在上面走。
警察回過頭一看，
「啊！我的天！
這個呆老頭，
真是無藥可救！」

魚兒留字條

公公光著腳，
戴著小草帽，
抽著小煙斗，
讓煙輕輕往上飄。
閤起了雙眼，
靜坐在船邊垂釣，
清閒又逍遙。
寶寶主意出得妙，

魚鈎上面掛字條。
浮標往下沉，
公公看了心裏笑，
「這條魚可不小！」
拉起來瞧一瞧，
「一張大紙條！」
上面還寫道：
「我們今天也不餓，
請早早回去睡覺覺！」

大笨狗

大笨狗！大笨狗！你真是條大笨狗！
鴨子被狼給含走，急得只會張口吼。
公公開槍打野狼，寶寶叫你快去救，
你還以為要撿球，含回那顆子彈頭，
你真是條大笨狗！

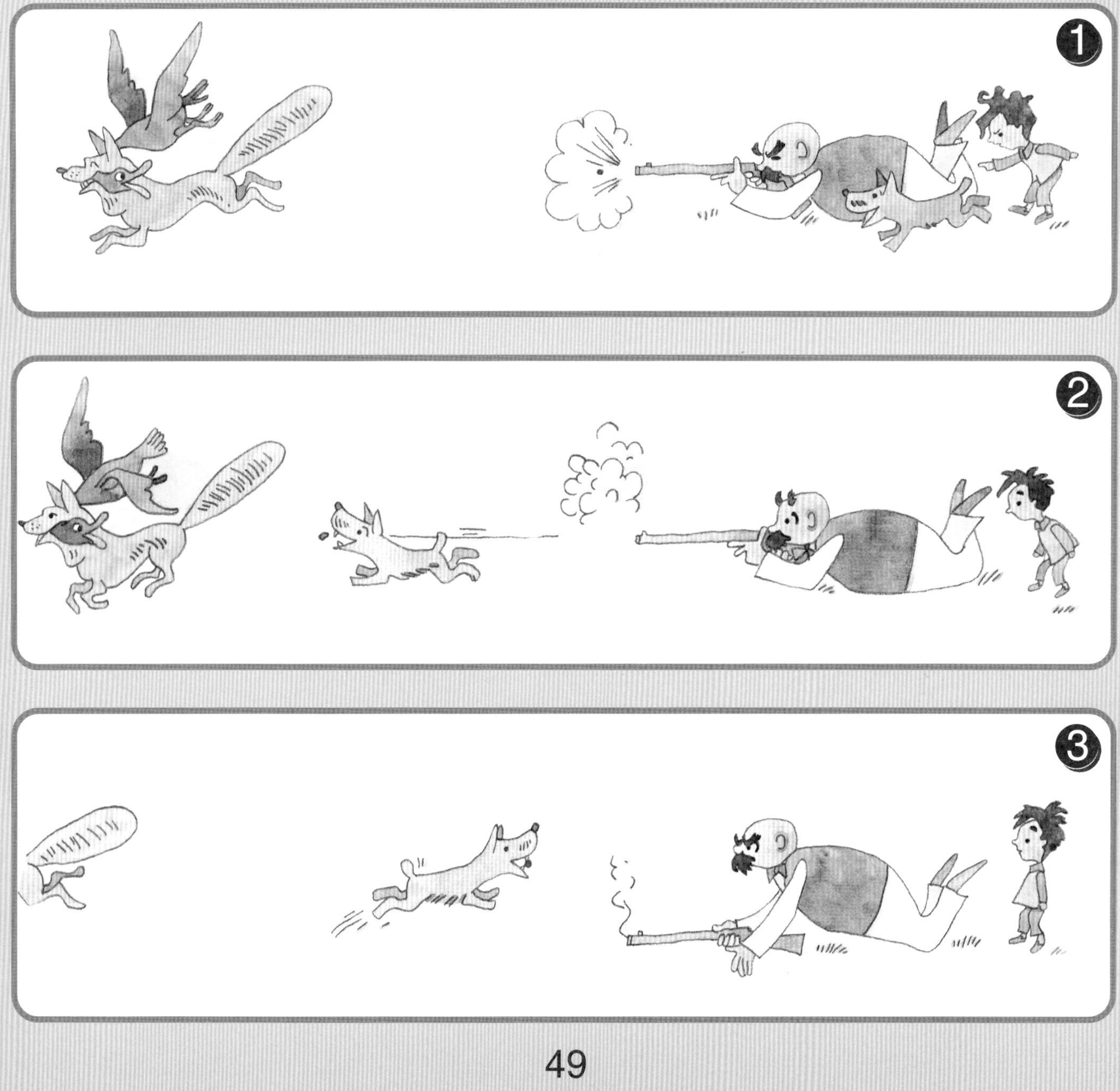
1
2
3

買四張半票

葡萄美酒味道好，
價錢也非常公道。
公公一杯又一杯，
喝得昏頭又脹腦。
到車站去買車票。
明明是一個寶寶，
偏要買四張半票，
你說好笑不好笑？

1

2

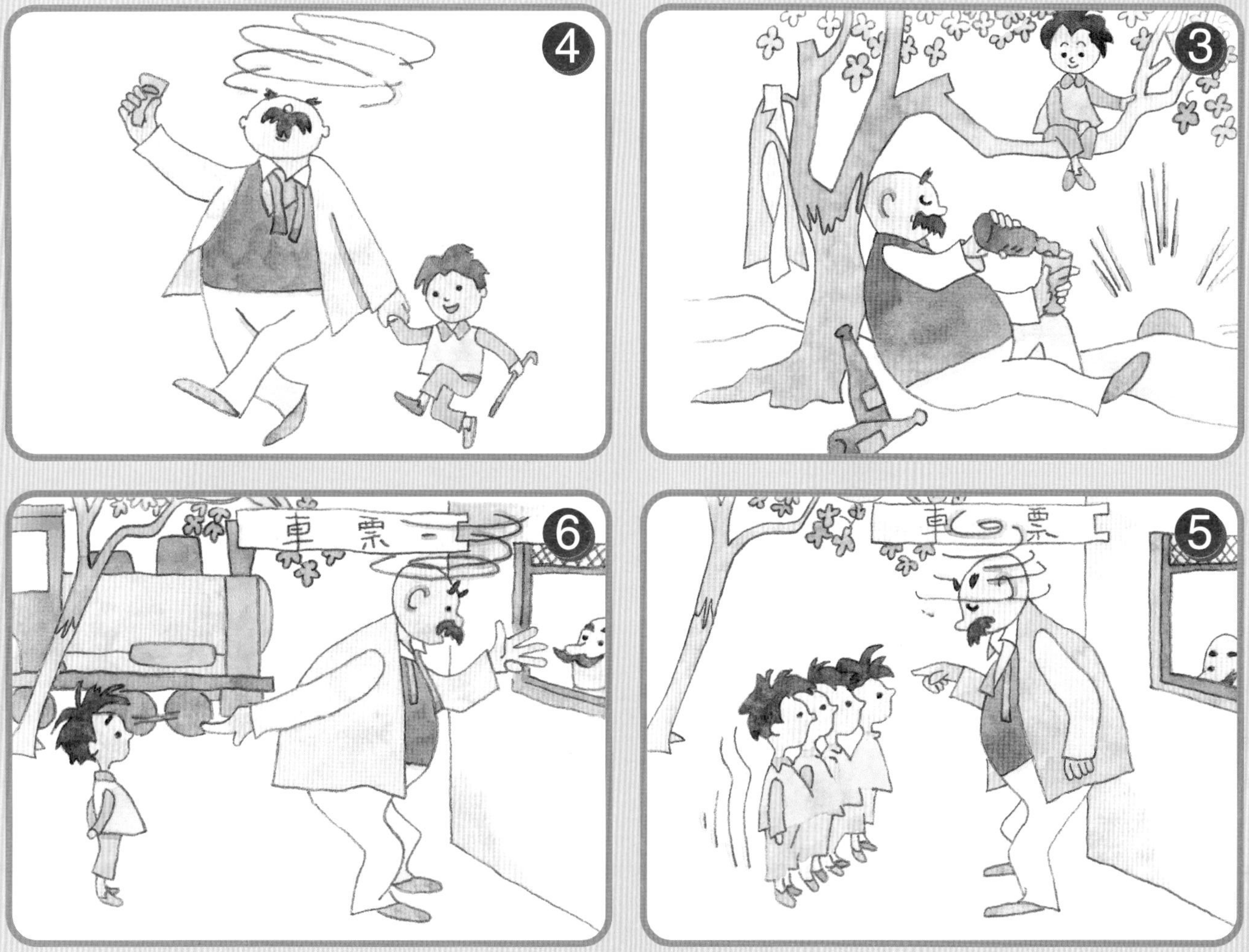
3
4
5
車票
6
車票

小老頭

嘴上粘一把黑線，
頭頂戴半個皮球，
寶寶想裝老公公，
結果變成小老頭。

3

4

好難看！

寶寶無論做什麼，公公都要過來管。
關上門來做美勞，公公也要來偷看。
寶寶覺得有點煩，心裏實在不喜歡。
知道公公的習慣，是從鑰匙孔裏看。
故意畫張偵探圖，寫上標題：「好難看！」

美勞就是美術和勞作。寶寶很聰明，他很喜歡自己動手做東西，請看第一集裏寶寶的傑作。

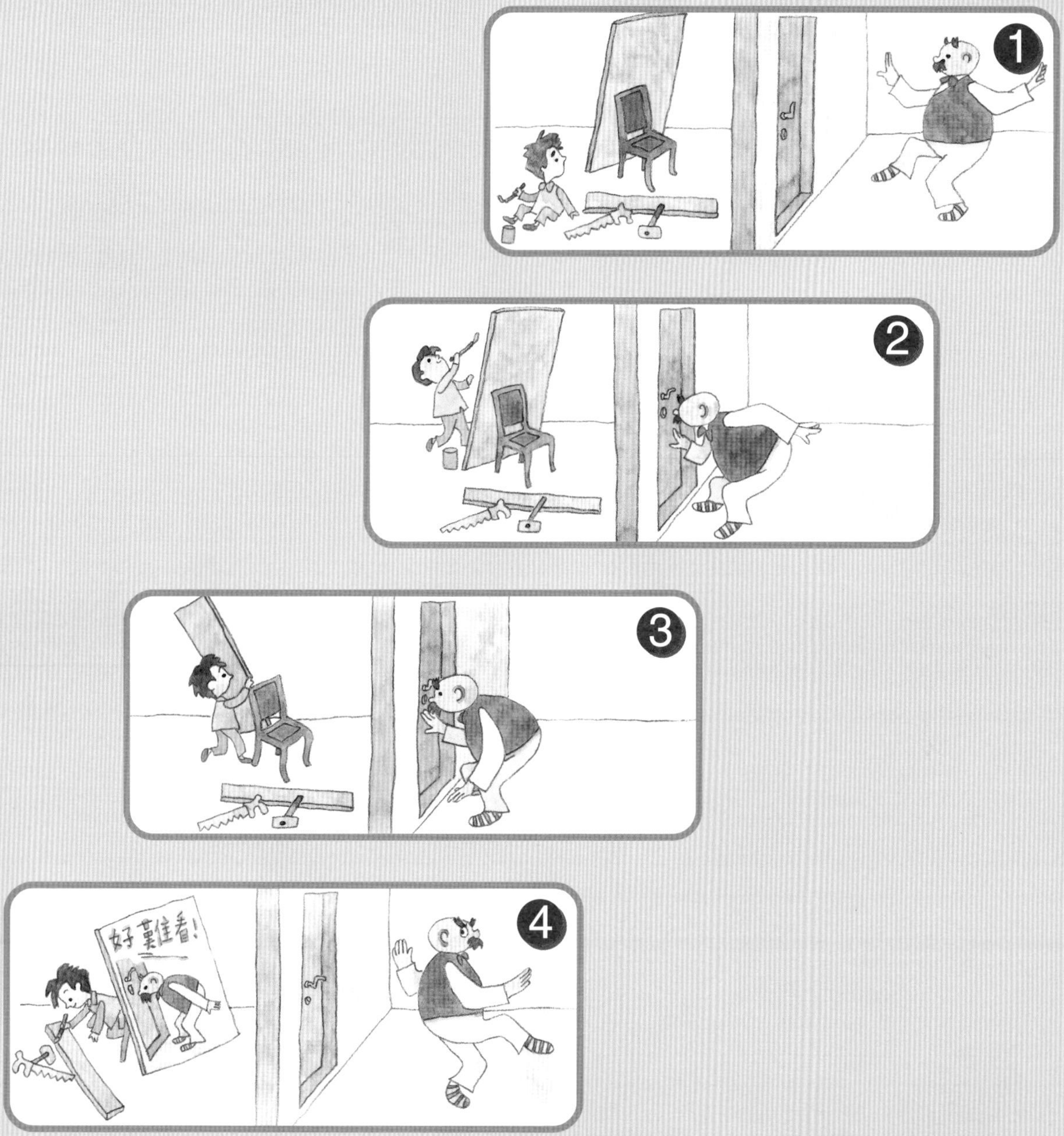
好難看!

有驚無險

寶寶送煙給公公，
公公很歡喜。
寶寶偷偷笑咪咪，
公公看了好懷疑，
以為他要耍把戲。
但是公公不在意，
點起煙就吸。
吸了不久冒火花，

寶寶看了笑嘻嘻。
接著霹靂啪啦響，
寶寶更得意。
一會兒發出爆炸聲，
濃濃黑煙起。
寶寶好驚奇，
哭著叫公公，
心裏好著急。
看到公公沒受傷，
說了一聲：

「對不起。」

公公說：

「沒關係，

下次別淘氣，

這次饒了你！」

進退兩難

進到博物館，只能用眼看，
這是定好的規範，公公寶寶卻不管。
石膏像，樣子真好玩，
先戴帽子掛拐杖，然後再給西裝穿。
正要為它穿褲子，剛好有人來參觀，
「糟了！現在怎麼辦？」

舉例施教

寶寶吃麵條，用兩手亂攪。

公公看了好生氣，怒火一直往上冒。

帶到博物館，好好教一教。

「你的吃相比那樣更糟！」

寶寶明白了，流著眼淚說：

「我要把壞習慣改掉！」

第六圖中的雷俄科翁 (LAOKOON) 是以前小亞細亞西北部特拉 (Troja) 城之祭司。圖中的祭司和他的兩個兒子正被兩條海蛇纏住。

博物館
雷俄科翁

利用廢料

公公寶寶釘雪橇，
不一會兒釘好了。
拿到斜坡上去滑，
結果滑了一大跤。
因為雪橇沒釘牢，
整個摔成了木條。
雪橇！雪橇！
雖然變成了廢料，

但是您可別丟掉！
拿回家！釘個小屋子，
可以用來餵小鳥。

小朋友，我們常常聽說：「節儉是美德」，意思是說我們用東西節省而不浪費，做事情勤儉而不偷懶，這就是美好的德性。公公和寶寶自己做好的雪橇摔壞了，把廢料拿回去釘成小鳥屋。我們不亂拋棄廢物，而要善加利用，這就是廢物利用。

大家一起來慶祝

聖誕節，好好來慶祝。
到山上，砍小樹，帶回來做聖誕樹。
走到門口才發現，跟來好多小動物，
公公寶寶把牠們統統請進屋。
點起兩根小蠟燭，大家一起來慶祝，
有小鳥、小白兔，有野豬，還有梅花鹿。

1

2

3

4
公公和寶寶

5

聖誕老公公

聖誕夜，來了三個老公公。

寶寶實在想不通，

「到底誰才是真的聖誕老公公？」

三個公公不相讓，

你扯紅帽，我揪鬍子，大家鬧得亂哄哄。

靜下來一看，

一個是公公，一個是公公的爹，

還有一個是公公的公公。

1
2
3
4
5
6

世界大同

世上有很多人種，
分為黃黑紅白棕。
雖然分在五大洲，
但是同出一祖宗。
膚色固然不相同，
天生我材必有用。
人類生來都平等，
世界最後要大同。

1

小朋友，公公和寶寶到種族展覽會參觀世界上各種不同的民族。看到黑人把頭髮纏得好奇怪，公公指著黑人的頭髮，笑著說：「真像雞毛帚！」結果黑人反而笑公公的鬍子像刷衣服的刷子。大家笑來笑去，究竟誰才好笑呢？

其實每個人的長相和膚色都是天生的，就像滿園的花朵各有各的形態，各有各的顏色一樣，黃菊花不會去笑紅玫瑰，紅玫瑰不會去笑白薔薇，白薔薇不會去笑……。我們看天空是藍色的，而大地是各種不同的顏色摻拌在一起的；

看那雨後的彩虹，像是飄在天上紅、橙、黃、綠、藍、靛、紫的彩帶，是多麼的美麗啊！人類的皮膚和大自然一樣也各有不同的顏色，這才算是多采多姿的世界。我們想想看，如果世界上的一切都是同一種顏色，那將是多麼的單調啊！

人類生來都是平等的，大家為什麼要互相取笑呢？天生我材必有用，最重要的是心地要善良，至於人的膚色和相貌，那只如同是禮物的包裝。請看第二集中〈人不可貌相〉。

國家圖書館出版品預行編目資料

公公和寶寶／齊玉編.－－修訂初版一刷.－－臺北市：
東大，2008
冊；　公分.－－(公公和寶寶系列)

ISBN 978-957-19-2922-4　(第一冊：平裝)
ISBN 978-957-19-2923-1　(第二冊：平裝)
ISBN 978-957-19-2924-8　(第三冊：平裝)
ISBN 978-957-19-2925-5　(第四冊：平裝)

859.8　96022986

© 公公和寶寶(三)

編　者　齊　玉
發行人　劉仲文
著作財產權人　東大圖書股份有限公司
發行所　東大圖書股份有限公司
地址　臺北市復興北路386號
電話　(02)25006600
郵撥帳號　0107175-0
門市部　(復北店) 臺北市復興北路386號
(重南店) 臺北市重慶南路一段61號

出版日期　修訂初版一刷　2008年1月
編　號　E 940110
定　價　新臺幣180元
行政院新聞局登記證局版臺業字第〇一九七號

ISBN　978-957-19-2924-8　(第三冊：平裝)

http://www.sanmin.com.tw　三民網路書店
※本書如有缺頁、破損或裝訂錯誤，請寄回本公司更換。